# SI JO FOS UN LLIBRE

TEXT DE JOSÉ JORGE LETRIA
IL·LUSTRACIONS D'ANDRÉ LETRIA

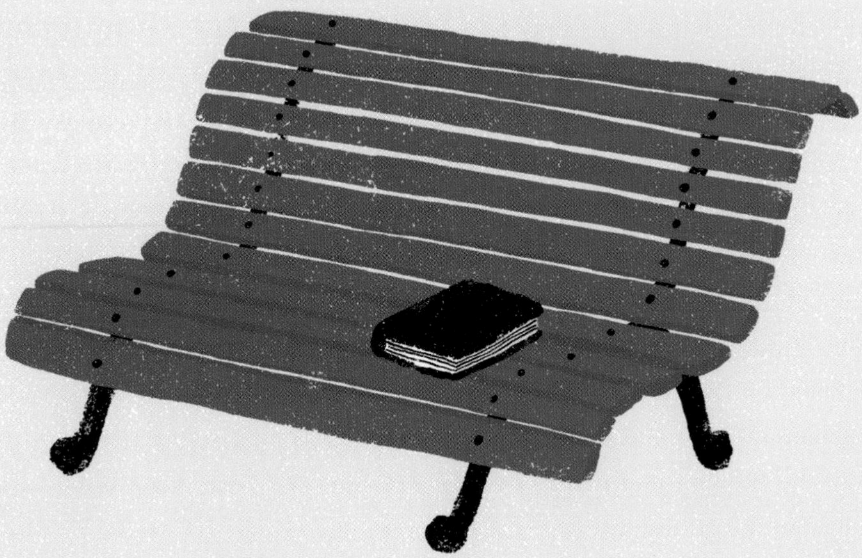

Editorial EJ Joventut
Provença, 101 - 08029 Barcelona

SI JO FOS UN LLIBRE,
LI DEMANARIA A QUI EM TROBÉS PEL CARRER
QUE SE M'ENDUGUÉS A CASA.

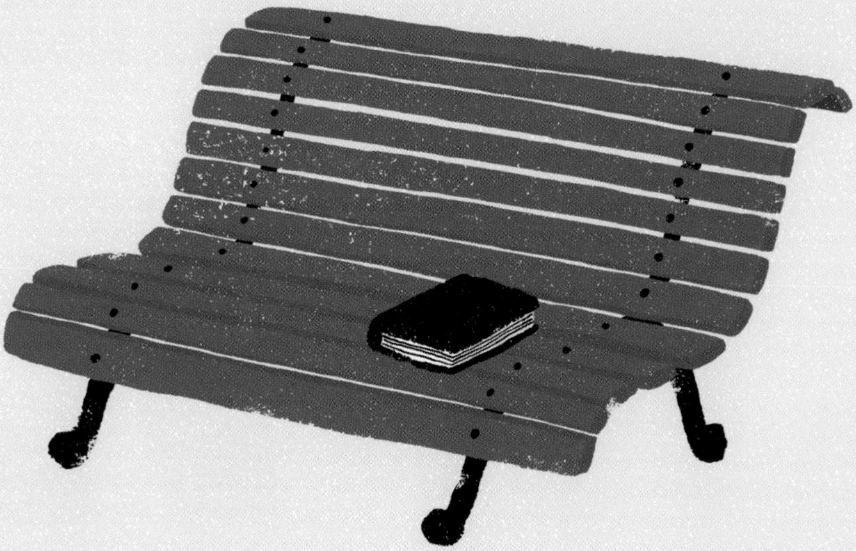

SI JO FOS UN LLIBRE,
COMPARTIRIA AMB ELS MEUS LECTORS
ELS SECRETS MÉS ANTICS I MISTERIOSOS.

SI JO FOS UN LLIBRE,
M'AGRADARIA TENIR UN RACÓ SEMPRE RESERVAT
A L'HABITACIÓ MÀGICA DE CADA NEN.

SI JO FOS UN LLIBRE,
DEMANARIA A LA GENT QUE NO EM FESSIN SERVIR
PER FER BONIC A LES PRESTATGERIES.

SI JO FOS UN LLIBRE,
SABRIA TANTES COSES DE NOVA YORK
COM DE LA ROMA ANTIGA.

SI JO FOS UN LLIBRE,
EM LLEGIRIA FINS A LA MATINADA
AQUELL QUI, EN SILENCI, EM DIGUÉS «AMIC».

SI JO FOS UN LLIBRE,
NO DESVETLLARIA MAI EL FINAL DE LA HISTÒRIA
ABANS D'HORA.

SI JO FOS UN LLIBRE,
EM SABRIA DE MEMÒRIA TOTES LES HISTÒRIES
QUE HABITESSIN LES MEVES PÀGINES.

SI JO FOS UN LLIBRE,
SABRIA GUARDAR BEN GUARDATS TOTS ELS SECRETS
QUE EM VOLGUESSIN CONFIAR.

SI JO FOS UN LLIBRE,
NO TINDRIA MAI PRESSA PER LLEGIR
LA PARAULA «FI».

SI JO FOS UN LLIBRE,
NO M'AGRADARIA QUE EM LLEGISSIN
NOMÉS PER OBLIGACIÓ O PERQUÈ ESTIGUÉS DE MODA.

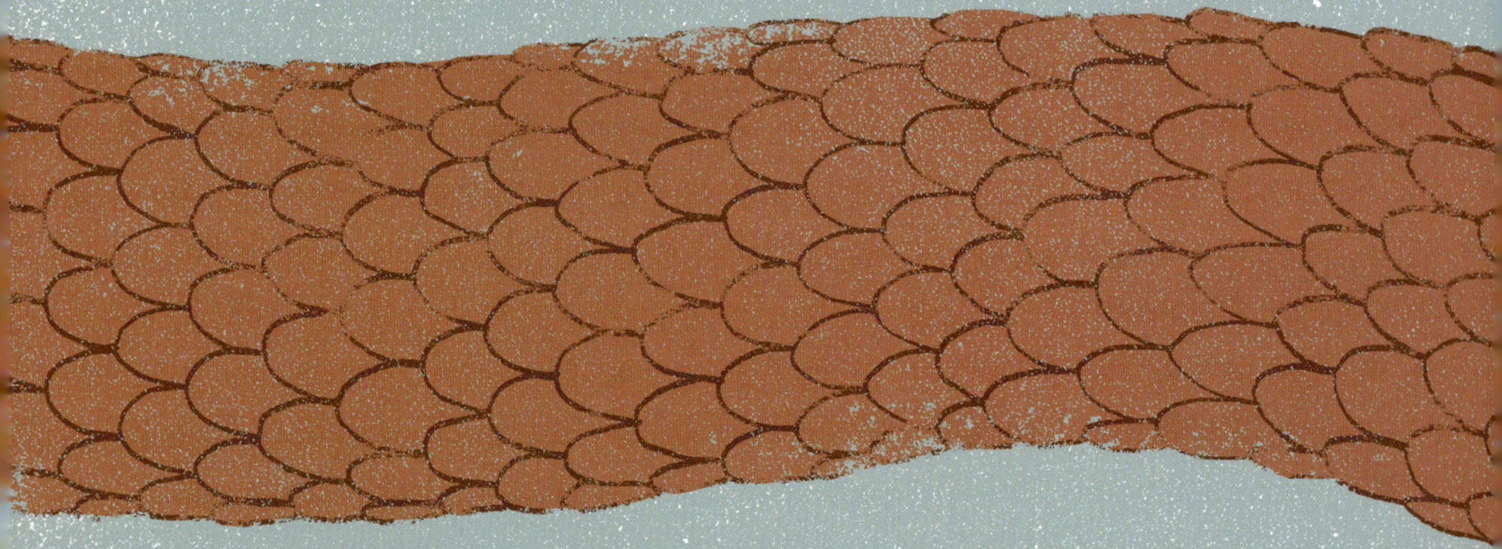

SI JO FOS UN LLIBRE,
M'AGRADARIA SER COM UN GRATACEL
FET DE PARAULES I DE SONS.

SI JO FOS UN LLIBRE,
M'AGRADARIA QUE VIATGESSIN PER LES MEVES PÀGINES
FINS A L'ILLA DE TOTS ELS TRESORS.

SI JO FOS UN LLIBRE,
SERIA A TOT ARREU
ON POGUÉS FER FELIÇ ALGÚ.

SI JO FOS UN LLIBRE,
SEMPRE FARIA L'OLOR DEL PERFUM SUAU
D'UN DIA ÚNIC I SENSE FI.

SI JO FOS UN LLIBRE,
M'AGRADARIA SER UNA FINESTRA OBERTA
A LA IMMENSITAT DEL MAR.

SI JO FOS UN LLIBRE,
CONVIDARIA UN POETA A SOPAR CADA VEGADA
QUE UN POEMA SEU IL·LUMINÉS LA NIT.

SI JO FOS UN LLIBRE,
VOLDRIA PER SOBRE DE TOT,
QUE SEMPRE EM LLEGISSIN I SER LLIURE.

SI JO FOS UN LLIBRE,
TOT I QUE NO M'AGRADA PROHIBIR RES,
EM PENSO QUE VETARIA LA PARAULA «IGNORÀNCIA».

SI JO FOS UN LLIBRE,
NO M'AGRADARIA QUE NINGÚ FES VEURE
QUE M'HA LLEGIT NOMÉS PER QUEDAR BÉ.

SI JO FOS UN LLIBRE,
TAL VEGADA EM FARIA MÉS POR QUE QUALSEVOL ALTRA,
LA PARAULA TERRIBLE «OBLIT».

SI JO FOS UN LLIBRE,
M'AGRADARIA FER LLIURE I INDOMABLE
EL LECTOR QUE M'ESCOLLÍS.

SI JO FOS UN LLIBRE,
SERIA UN POEMA IMMENS
QUE DONÉS SENTITS INESPERATS A LES PARAULES.

SI JO FOS UN LLIBRE,
SERIA UNA ARMA DOLÇA I EFIÇAÇ
PER ELIMINAR LES GANES DE GUERRA PER SEMPRE MÉS.

SI JO FOS UN LLIBRE,
NO EM FARIA RES ANAR A UNA ILLA DESERTA
AMB UN LECTOR APASSIONAT.

SI JO FOS UN LLIBRE,
M'AGRADARIA TENIR TOTES LES CARES
QUE EL TEMPS EM VOLGUÉS DONAR.

SI JO FOS UN LLIBRE,
M'AGRADARIA CRÉIXER I CRÉIXER
FINS A CONVERTIR-ME EN UNA BIBLIOTECA.

SI JO FOS UN LLIBRE,
M'AGRADARIA SENTIR COM ALGÚ DIU:
«AQUEST LLIBRE EM VA CANVIAR LA VIDA».

TÍTOL ORIGINAL: SE EU FOSSE UM LIVRO
© DEL TEXT: JOSÉ JORGE LETRIA, 2011
© DE LES IL·LUSTRACIONS: ANDRÉ LETRIA, 2011
© PATO LÓGICO EDIÇÕES, LDA., 2011
© DE LA VERSIÓ CATALANA:
EDITORIAL JUVENTUD, S.A., 2014
PROVENÇA, 101 - 08029 BARCELONA
INFO@EDITORIALJUVENTUD.ES
WWW.EDITORIALJUVENTUD.ES

TRADUCCIÓ: MANUEL PÉREZ SUBIRANA
PRIMERA EDICIÓ, NOVEMBRE DE 2014

ISBN 978-84-261-4120-0
DL B 21957-2014
NÚM. D'EDICIÓ D'E. J.: 12.868

PRINTED IN SPAIN
GRAFILUR, AVDA. CERVANTES 51 - 48970 BASAURI (BIZKAIA)